LOUISE,

O U

LE POUVOIR

DE LA VERTU DU SEXE.

CONTE MORAL.

TRADUIT DE L'ALLEMAND,

Par M. JUNKER, de l'Académie des Belles-Lettres de Gœttingen.

A FRANCFORT,

Chez FRANÇOIS VARENTRAPP, Libraire;

& se trouve A PARIS,

Chez PREVOST, Libraire, rue de la Harpe, vis-à-vis le passage des Jacobins, près la place S. Michel.

Et à CHALONS-SUR-SAONE,

Chez DE LIVANI, Libraire.

1771.

AVERTISSEMENT.

DANS le nombre des Traductions Françoises qu'on a faites depuis quelques années des auteurs Allemands, il en eſt peu qu'on puiſſe lire avec plaiſir. Les unes ont été publiées par des Allemands, qui évitent rarement ce qui peut bleſſer le goût & la délicateſſe des François; les autres par des François qui, pour n'avoir pas une entiere connoiſſance de la langue Allemande; ne ſaiſiſſent pas le ſens de leur auteur, l'alterent, le mutilent & le défigurent. Ils ſavent bien qu'ils ne l'ont pas traduit, & ils croient se mettre à couvert des reproches qu'on seroit en droit de leur faire, en donnant à ces informes productions le nom de Traduction libre, ou d'Imitation. Mais cette précaution même ne semble-t-elle pas avertir le public qu'il chercheroit inutilement dans leurs ouvrages ce qui pique le plus sa curiosité, les pensées & le génie de l'original?

Ces traductions, pour être bonnes, exigent les soins réunis d'un Allemand & d'un François qui sachent l'une & l'autre langue. Dans cette persuasion je ne me suis jamais livré à ce genre

de travail, que de concert avec
des François à qui la littérature
Allemande n'eſt pas étrangere ;
& j'ai eu la ſatisfaction de voir
le public applaudir à ces mêmes
ouvrages. J'ai eu part à la traduction des *Fables* & des *Diſ-*
ſertations ſur la nature de l'A-
pologue de M. Leſſing, publiée
par M. d'Antelmy, auſſi bien
qu'à celle du *Meſſie* de M. Klop-
ſtock, le chef-d'œuvre de la poë-
ſie Allemande : elles ont réuni
les ſuffrages des connoiſſeurs.

J'eſpere que le public éclairé
ne fera pas un moins favorable
accueil à ce petit ouvrage de
M. *Zacharie.* J'oſe en garantir

l'exactitude & la fidélité. On a soigneusement conservé tous les traits du génie Allemand. M. *de F.....* qui a déja enrichi la littérature Françoise des traductions d'excellents ouvrages Anglois, n'a rien négligé pour faire passer dans cette traduction la force & la fraîcheur du coloris de l'original. Il a bien voulu joindre aussi ses soins aux miens pour le poëme des *Graces*, qui paroîtra incessamment. Cette nouvelle production de M. *Wieland* peut être regardée comme un des plus agréables ouvrages de cet ingénieux poëte. On vient de mettre actuellement sous presse

une traduction des Contes Co-
miques du même Auteur.

Je crois devoir prévenir le public au sujet des *Graces*, que la
traduction que je lui préfente,
differe en entier de celle qu'on
en a déja publiée fous le nom
d'Imitation de ce poëme.

LOUISE,

LOUISE,

OU

LE POUVOIR

DE LA VERTU DU SEXE.

CONTE MORAL.

LES heures du jour coulent lente-
ment ! difoit Madame de Mon-
crif. Que l'ennui d'être feule eft mor-
tel ! Ce n'eft que dans un certain monde
qu'on goûte le plaifir d'exifter ! Paffion-
née pour le jeu, fenfible aux propos
flatteurs des Amants, elle auroit voulu
hâter l'inftant où fes charmes, éclairés
d'une lumiere plus difcrete, lui affu-
roient encore les hommages de quel-

A

ques jeunes gens à la mode qui ve-
noient compofer fa cour.

Cependant on vient lui annoncer M.
le Comte de C...» Ah ! c'eft vous?
Voilà ce. qui s'appelle être véritable-
ment ami ! La folitude m'excede ,
&, vous êtes venu bien à propos pour
diffiper les nuages dont mon efprit s'en-
veloppoit. » — « Cette circonftance,
Madame, feroit favorable pour m'excufer d'avoir prevenu le moment de l'af-
femblée , mais j'aimerois mieux que
vous euffiez deviné le motif de mon
empreffement. » — « Ne dois-je donc
pas croire , Comte , que ce font les
perfonnes qui doivent être ici ce foir ? »
— « Vous me faites tort ! foyez perfuadée que je fais vous diftinguer de tout
ce qui vous environne. Je vous pro-
tefte , Madame, que fur ce point ma
vanité feroit bleffée du plus léger doute :
& vous croyez bien que tous les efforts

de vos Rivales ne ferviroient qu'à mieux affurer votre triomphe. » — » Comte, vous voilà aujourd'hui tel que je vous fouhaitois. J'étois toute attriftée ; mais votre folle gaieté eft très - propre à écarter de trop fombres idées. Je ne fais comment la mort d'une parente a pu m'affecter à ce point. Ce que cet ajuftement a de lugubre femble fe répandre fur mon ame. » —« Eh ! je ne remarquois pas que vous êtes en deuil ; mais auffi ce deuil ne vous fied pas moins que les plus riantes couleurs. Vous ne l'avez point pris trop profond, & cela eft raifonnable : on ne vit pas pour s'affliger de ce qu'on ne peut pas vivre toujours. Je croirois prefque que vous portez là le deuil de quelques jeunes Amants qui, défefpérés de votre févérité, languiffent & meurent d'amour. » — « Si vous étiez un de ces tendres captifs, je le pren-

drois volontiers pour une ſi belle cauſe ;
encore faudroit-il que votre recon-
noiſſance fût aſſez vive pour ne pas
me le faire porter long-temps : mais
celui-ci eſt occaſionné par le décès
d'une ſœur qui ne m'en a guere im-
poſé l'obligation. C'étoit la femme la
plus incommode que j'aie jamais con-
nue. Ses lettres n'étoient remplies que
d'ennuyeux avis ſur l'excès de ma dé-
penſe, ou de réflexions morales qui
ſont de vrais ſomniferes. Enfin, après
m'avoir tourmentée pendant ſa vie,
elle me laiſſe encore en mourant un far-
deau ſur les bras : une fille qui ne ſera
pas moins hypocondre que ne l'étoit
ſa mere. A peine a-t-elle fini ſes occupations qu'elle vole à ma bibliothe-
que. Ses lectures ſont ou la Bible ou
de triſtes auteurs Anglois ; c'eſt, en un
mot, une Philoſophe de dix-neuf ans
qui bâille dans le grand monde & qui

s'ennuie dans la fociété. » — « Et qui eſt d'une figure intéreſſante ? » — « Je m'attendois à cette queſtion. On peut dire que ſes traits n'auroient rien de déſagréable s'ils étoient animés. » — « Vous excitez ma curioſité ! Ne doit-elle donc pas être des nôtres ? » — « Juſte ciel ! eh, où placerois-je la ſtatue ? » — « J'en fais mon affaire. Quel charmant contraſte ne ſeroit-ce pas, de voir à côté de la mere des Graces, la Minerve que vous venez de peindre ! » — « La louange eſt ingénieuſe ; mais cette ruſe, Comte, ne vous réuſſira pas. Votre attente eſt vaine. » — « Mais faites-nous, du moins, voir cette jolie recluſe, ne fût-ce qu'au travers d'une grille. »

Madame de Moncrif, qui ne ſavoit rien refuſer au Comte, ſonna & donna ordre d'appeller ſa Niece. La préſence de cette jeune perſonne jetta le Comte

dans une espece d'enchantement. Les
roses de son teint n'étoient point l'ouvrage de l'art, mais celui de l'innocence. Deux grands yeux bleus, pleins
du plus tendre feu, faisoient toute sa
parure, mais en la voyant on n'en
desiroit point d'autre. Sur son visage
on remarquoit une douce mélancolie
qui, en modérant l'éclat de ses charmes, invitoit à la consoler. « Ne m'a-
vez-vous pas appellée, ma Tante? dit-
elle, après avoir salué le Comte, avec
des graces aussi modestes que nobles. »
Voilà M. le Comte qui souhaitoit vous
voir, répondit Madame de Moncrif
avec une sorte de dépit de la trouver
si belle. Je l'ai bien prevenu que vous
n'étiez point dans une parure convenable pour vous présenter; mais il n'en
a pas été moins pressant. » « Puisque
M. le Comte est de votre connoissance,
je desirerois être digne de son atten-

tion , reprit Louife ; mais je me connois, & je n'ai point l'orgueil de prétendre au commerce du grand monde, quand même mon ajuftement & la perte que j'ai faite ne m'avertiroient pas de chercher la folitude. « Oh ! point d'élégies, Louife , je vous en prie. Si vous voulez gémir , attendez que vous foyez feule. « Je vous demande pardon , dit Louife , en fe retirant.

Le Comte étoit encore fous le charme. Ses regards furent conftamment fixés fur la jeune perfonne qu'il confidéroit avec un plaifir qu'il n'avoit pas encore éprouvé. Toute fon ame fembloit être concentrée dans fes yeux. Il voulut lui dire quelque chofe de flatteur. En toute autre occafion il auroit eu cent faillies brillantes, mais dans ce moment il ne trouva point d'expreffion: toutes les facultés de fon ame fembloient être fufpendues. Il fut indigné de la voir traitée avec si peu d'égards. A l'instant où elle quittoit l'apparte- ment, il lui dit à demi-voix : « Que votre Tante est injuste ! » paroles qu'elle feignit ne pas entendre.

Madame de Moncrif alloit railler le Comte sur sa timidité, lorsque la com- pagnie qu'on attendoit, entra. Occu- pée à répondre à tous les compliments d'usage, elle ne put s'appercevoir des distractions du Comte qui, revenu à lui-même, crut ne devoir point se trahir. La conversation, qui étoit de- venue générale, lui laissa le loisir de se remettre. Les défauts des absents, les nouvelles intrigues, les folles pré- tentions en fournirent le sujet. Cette intéressante matiere épuisée on se mit à jouer. Le Comte, qui faisoit la par- tie de Madame de Moncrif, songeoit à s'observer & à lui cacher le trouble de son cœur. Néanmoins il s'oublioit

à chaque inftant, & elle l'auroit aifément pénétré , fi fon ardeur pour le
gain ne l'eût portée à croire qu'il fe
plaifoit, pour lui faire fa cour , à perdre
fon argent contre elle. Cette penfée
flattoit trop fon amour propre pour ne
pas s'y arrêter. Elle s'efforçoit de le
confoler, par de tendres regards, de la
perte qu'il faifoit ; & elle lui permit de
lui apporter lui-même le lendemain la
fomme qu'il avoit perdue. La compagnie fe fépara pour aller jouir du repos; mais le Comte n'en put goûter
les douceurs.

Ce jeune homme jufqu'alors léger,
inconféquent, frivole , qui avoit déja
paffé la moitié du printemps de fon âge
à voltiger de Belles en Belles , fans
en eftimer une ; qui s'étoit plongé dans
l'ivreffe de tous les plaifirs , fans en
trouver de réels ; qui rioit des foucis
de la vie comme d'autant de foibleffes ;

qui s'étoit fait un fyftême de ne connoître le monde que par ce qu'il avoit
d'enchanteur , & qui ne s'étoit jamais
inquiété de la conquête d'une jeune
beauté , parce qu'elle lui avoit toujours peu coûté : brûloit d'une flamme
qui lui avoit été jufqu'alors inconnue.
La confufion , le trouble & le défor-
dre regnoient dans fon cœur & dans
fon imagination, & ne lui permettoient
point de s'abandonner au fommeil. La
charmante Louife étoit devant fes
yeux ; il voyoit briller fur fon front
l'innocence & les graces ; il admiroit
fa taille fouple & élégante ; il con-
temploit tous fes charmes , qui emprun-
toient de fa modeftie un nouvel éclat ;
il croyoit entendre encore le doux fon
de fa voix qui avoit pénétré jufqu'à
fon cœur & y avoit laiffé une impreffion
profonde. Quelquefois fon penchant
pour la légéreté fe reveilloit ; il rou-

gifloit de fa foibleffe comme d'un ridicule. Quoi ! s'écrioit-il , une petite
fille , une provinciale , qui n'a encore
aucune idée de fes graces , te tourne-
roit la tête & feroit de toi un fou
férieux ! Cependant le peu de paroles
que Louife avoit prononcées ne lui
avoit pas échappé ; il fe rappelloit avec
raviffement la réponfe fpirituelle & modefte qu'elle avoit faite à fa Tante;
& quoiqu'incapable encore d'être lui-
même vertueux , la fageffe & la vertu
de Louife l'enchantoient. Mais comment devoit-il la difpofer à écouter
favorablement fes vœux ? Ce n'étoit pas
une entreprife facile ; & il ne pouvoit
s'accorder fur les moyens qu'il em-
ployeroit pour toucher fon cœur. Il
réfolut d'abord de recourir aux voies
les plus honnêtes; mais l'inftant après,
fon goût pour le libertinage l'emporta ,
& il regarda Louife comme une proie

qu'il ne pouvoit refufer à fa vanité. Il fuivit, comme font la plupart des hommes, le penchant qui flattoit fon orgueil.

Madame de Moncrif ne penfoit pas auffi avantageufement de fa Niece. Elle avoit remarqué l'impreffion qu'elle avoit faite fur le Comte; & elle ne pouvoit fe refoudre à fe le laiffer enlever. Les hommages qu'un homme de fon rang paroiffoit rendre à fes charmes, n'étoient pas un petit triomphe pour fon amour propre; & le noble défintéreffement avec lequel il perdoit au jeu, le préfentoit à fes yeux comme un Amant accompli & qu'elle avoit un vif intérêt de conferver. Mais il n'étoit plus temps d'écarter Louife. Elle avoit trop d'expérience pour ne pas fentir que cet expédient feconderoit mal fes vues & ne manqueroit point d'éloigner le Comte. Elle fongea donc

à fe retourner du côté de Louife. L'efprit de cette aimable fille, naturellement porté à la réflexion, lui parut
un remede contre l'humeur volage du
Comte ; mais il falloit encore infpirer
à fa Niece de l'indifférence pour lui :
& ce fut ce projet qu'elle voulut exécuter dès le lendemain.

Louife étoit ordinairement appellée
auprès de fa Tante pendant fa toi-
lette. C'étoit le feul temps où elle per-
mettoit qu'on lui parlât de fes affaires
domeftiques, ou qu'on lui lût quelques
ouvrages férieux : parce qu'entiérement
occupée du foin de fa parure, elle
pouvoit fans contrainte ne prêter aucune attention, ou du moins n'écouter
que d'un air diftrait ; mais dans ce
moment il ne fut point queftion de
lecture. » Si je ne me trompe pas, dit
Madame de Moncrif, votre phyfiono-
mie eft plus ouverte & plus riante que

de coutume. La vifite d'hier n'en fe-
roit-elle pas un peu la caufe ? » — « Je
ne me fouviens pas d'en avoir reçue,
répondit Louife. »— « Je veux parler
du Comte. Avouez-le moi avec fran-
chife , ne vous a-t-il pas plû ? du moins
je le parierois. » — « Vous me pardon-
nerez , Madame, j'ai eu fi peu le temps
de l'appercevoir qu'il me feroit impoffible de favoir s'il m'a plû ; & cette
certitude n'en feroit que plus trifte pour
moi , eu égard à la difparité de nos
conditions. » — « Vous penfez très-
jufte, Louife : j'applaudis fort à l'ingé-
nuité de votre réponfe : vos intérêts
m'en deviennent encore plus chers. Rien
ne fied mieux à une jeune perfonne
que la modeftie. Je connois le Comte.
Il ne manquera pas de vous dire des
chofes agréables , comme à toutes les
filles qu'il trouve fur fon chemin ; mais
prenez y bien garde , Louife. Défiez-

vous de la féduction de fes promeffes.
Une crédulité aveugle donne trop fouvent lieu à un répentir tardif. » — « Je
vous remercie, Madame, d'un fi falu-
taire confeil ; mes vœux ne pafferont
jamais les bornes de mon état , & je
regarde ce bienfait de la Providence
comme ma plus grande richeffe. » Con-
fervez toujours des fentiments fi eftimables, ma Niece, reprit , en fouriant
d'un air affectueux, Madame de Moncrif, qui crut n'avoir plus rien à re-
douter des attraits de cette vertueufe
fille à l'égard du Comte. Louife alors
fe retira , fecrétement confondue de
voir le Comte dans un rang trop élevé ,
mais en cherchant à fe perfuader qu'il
peut lui être indifférent. Tant ils fe
connoiffoient peu l'un & l'autre !

Le Comte, qui fe propofoit déja la
conquête de Louife, prévint l'heure
où il avoit coutume de fe rendre chez

Madame de Moncrif , fous le prétexte
apparent de lui remettre ce qu'elle lui
avoit gagné la veille. Il la trouva
brillante de tous les attraits qu'une
coquetterie étudiée fait employer avec
fuccès. Toute fa parure avoit cette né-
gligence élégante à la faveur de laquelle l'art, lorfqu'il ne veut pas qu'on
fache qu'il vient au fecours de la nature, fe cache d'une maniere fi fine. Sa
robe fembloit ne voiler une partie de
fes charmes que pour mieux animer l'i-
magination, & inviter aux plaifirs : en
un mot, il la trouva difpofée à le dé-
dommager de la perte qu'il avoit faite.
Mais loin de répondre à fes voluptueux
defirs, il lui témoigna fa furprife, de
la trouver ainfi feule & fans fa jolie
compagne. Elle voulut vainement lui
perfuader que celle dont il parloit n'a-
voit rien d'aimable ; il foutint que par
cette raifon même il étoit de fon devoir

voir de la former & de lui permettre
d'être de ses parties. Dans son impatience, il alloit entrer dans son appartement, si elle ne l'eût arrêté en l'assurant que sa Niece étoit sortie. Le Comte
trompé dans son attente ne demeura
pas aussi long-temps qu'on l'auroit sou-
haité. Toute l'utilité qu'il put retirer
de cette visite , fut, en sortant , de tâ-
cher , par un présent considérable, de
mettre dans ses intérêts la femme de
chambre qu'il croyoit attachée à Louise.

Il eut bientôt besoin des secours de
cette fille. Croyant l'avoir entiérement
gagnée , il lui confia un billet qu'elle se chargea de remettre à sa jeune
maîtresse , & dans lequel, après quelques louanges sur ses charmes naissants ,
sans trop de détours , il lui demandoit
sa tendresse. Il attaquoit son cœur avec
les armes les plus ordinaires , parce
qu'il ignoroit encore le caractere de

B

Louife ; il auroit employé plus d'art
dans cette déclaration, fi la nobleffe
& l'élévation de fes fentiments lui euf-
fent été mieux connues.

Julie méditoit fur les moyens de
s'acquitter adroitement de fa commif-
fion, & épioit une occafion favorable ;
mais elle trouva Louife fur fes gardes.
» Toujours occupée, Mademoifelle !
J'admire que vous puiffiez mener, à
la ville, cette vie retirée à laquelle
vous étiez accoutumée à la campagne
dans la maifon de feue Madame votre
mere. Je veux que ce grand deuil ne
vous permette pas encore de paroître
dans le monde ; mais toute autre, à
votre âge & avec tant de charmes, ne
négligeroit pas, du moins, les perfonnes qui fréquentent ici. Je vous l'a-
voue, je n'ai pas encore eu l'honneur
de fervir une Demoifelle auffi grave
& auffi appliquée que vous. » — « Je

ne fais, Julie, de quelle fource partent
ces propos flatteurs, autrement je vous
en ferois un peu plus obligée ; mais je
foupçonne fort que vous avez en cela
quelques motifs fecrets, puifque vous
n'ignorez pas que, fi je vis dans la retraite, ce genre de vie dépend encore
moins de mon choix que de celui de
ma Tante qui doit favoir, fans doute,
que je figurerois mal dans la fociété. »
— « Ou que votre préfence ne lui per-
mettroit pas d'y figurer : n'eft-ce pas ce
que vous voulez dire ? » — « Point de
fauffes explications, Julie! La volonté
de ma Tante eft pour moi une loi que
je refpecte. » — « Je vous demande
pardon, Mademoifelle; mais je vous
aime & vous fuis fi fort attachée, que
je ne puis m'empêcher d'être mécon-
tente de la conduite de Madame de
Moncrif. Une femme de fon âge ne
devroit-elle pas fe faire un plaifir &

un devoir de produire fa Niece dans le monde, & lui ménager l'occafion de faire la connóiffance d'un aimable homme qui lui en auroit une obligation éternelle. » — « Julie ! il vous fied mal de blâmer la conduite de ma Tante, quelque favorables que puiffent être vos intentions à mon égard; & il fembleroit que vous voulez me parler d'un homme que vous avez choifi pour moi.» — « Ce n'eft pas moi qui l'ai choifi, Mademoifelle : il s'eft lui-même annoncé. Je lis dans vos yeux votre mécontentement; mais malgré ces regards féveres, je voudrois que vous le devinaffiez. » — « Ceffons, Julie, une converfation déja trop longue. Mon temps m'eft trop précieux pour le perdre à entendre vos ingénieufes rêveries : & d'ailleurs j'ai à continuer ma lecture. » Eh bien, Mademoifelle, voilà quelque chofe à lire, répliqua Julie, en laiffant tomber dans les mains de Louife la lettre du Comte , & en s'éloignant auffitôt.

Louife la rappella en vain. Quoique l'adreffe du billet fût d'une main qu'elle ne connoiffoit pas, néanmoins tous fes foupçons tomberent fur le Comte. Son premier mouvement fut d'ouvrir la lettre ; mais la réflexion fut prompte : fon cœur ne put la tromper long-temps. Sans l'avoir décachetée, elle alla trouver fa Tante. » C'eft à regret que je vous interromps , Madame , & fur-tout pour une bagatelle. Je l'appelle ainfi, parce qu'il faudroit que je penfaffe mal , s'il m'en coûtoit de vous remettre un billet que Julie vient de m'apporter d'une maniere myftérieufe , & qu'il ne me conviendroit pas d'ouvrir. Je vous laiffe à empêcher déformais, comme vous le jugerez à propos, de pareilles entreprifes. » Je l'ai bien

conjecturé, répondit Madame de Moncrif, après avoir parcouru le billet d'un
œil chagrin ; c'est un badinage du Comte. Il m'a déja blâmée de ce que je ne
vous admettois pas dans mes sociétés.
Cette tentative sur votre cœur est un
peu libre ; mais je lui ferai moi-même
réponse, & Julie recevra la récompense
que mérite son zele. Ces dernieres paroles furent prononcées avec un sou-
rire amer, & Louise la quitta volontiers pour se livrer à ses propres réflexions. Elle sentit au fond de son cœur.
un trouble secret, sans en pénétrer la
cause. Quelquefois elle se repentoit
d'être trop franche & trop ingénue
avec sa Tante. » Ne pouvois-tu pas,
se disoit-elle, rendre toi-même au Comte
son billet ? N'est-il pas encore vraisem-
blable que ses propositions ne contien-
nent rien qui ne soit honnête & innocent ? » Cependant elle se tranquil-

lifa en fongeant qu'elle avoit rempli fon devoir; & levant vers le Ciel des yeux mouillés de quelques larmes, elle le fupplia de la foutenir dans les différents événements de la vie.

Madame de Moncrif n'étoit pas auffi tranquille. Elle fentoit que pour ne pas perdre le Comte, elle devoit étouffer cette inclination naiffante. Quelqu'affurée qu'elle fût de l'apparente indifférence de Louife, elle craignoit néanmoins que l'artificieufe Julie ne l'ébranlât. Il lui parut donc néceffaire de l'éloigner; & le foir même elle fut congédiée. Elle vint pleurer auprès de fa jeune maîtreffe. Elle lui fit l'aveu de fon indifcrétion, & lui demanda en grace de s'intéreffer en fa faveur. Louife lui fit de férieux reproches fur fon imprudence; mais fon cœur fenfible ne put réfifter à la pitié : en la quittant, elle lui mit quelques Louis dans la main.

» Je vous en donnerois davantage , lui dit-elle , si je ne dépendois pas d'un tuteur ; mais je ne puis pas intercéder pour vous ».

Cependant le Comte attendoit la réponse de sa lettre avec une impatience qu'il seroit difficile d'exprimer. Ses amis accoutumés à mener une vie voluptueuse, le cherchoient déja vainement pour le ramener dans le sein des plaisirs bruyants : les Dames de sa connoiffance commençoient à craindre qu'il ne reparût plus dans leurs sociétés dont il faisoit les délices & dont il animoit, par sa préfence, toutes les parties. Le Comte possédoit non-feulement tous ces petits riens qui font d'un si grand prix dans le monde , tous ces petits talents dont s'énorgueillit un petit-maître , qui croit que les graces de sa perfonne prêtent de l'intérêt à son ridicule perfifflage, & qui d'ordinaire réuffit

à le perfuader ; mais une éducation brillante, & la lecture réfléchie des meil-
leurs Auteurs avoient formé fa raifon
& éclairé fon efprit. Si fon cœur n'eût
pas été gâté de bonne heure par la
fréquentation de jeunes étourdis, il auroit été porté par goût à rechercher
les fociétés où regnent la décence &
les mœurs, & il feroit devenu un homme auffi intéreffant & auffi effenciel,
qu'il étoit aimable & frivole. La nouvelle paffion dont fon ame étoit agitée
lui fit faire quelque retour fur lui-même. A quoi m'ont fervi tous ces plaifirs
tumultueux qui ont fait juqu'ici mon
amufement, fe difoit-il à lui-même ? A
faire la connoiffance de quelques perfonnes volages, dont l'amitié n'eft d'aucun prix , puifqu'elles la prodiguent
fouvent à des hommes qui ne méritent
que le mépris public ! Il étoit obligé
de s'avouer que les diffipations aux-

quelles il s'étoit livré n'avoient jamais
fatisfait fon cœur, & qu'elles y avoient
toujours laiffé un vuide défagréable.
L'image feule de Louife l'enchantoit.
Son imagination ardente lui en rappelloit tous les charmes, que l'amour gra-
voit dans fon cœur en traits ineffaça-
bles : & il éprouvoit une fatisfaction
fecrete dans l'idée de parvenir à fe
rendre digne d'un objet où brilloient
tant de perfections. Mais ces nobles
fentiments n'étoient que paffagers. Un
feul entretien avec un de fes amis de
mœurs corrompues, en effaça jufqu'à
la trace la plus légere. » Aurois-tu donc
la foibleffe de penfer férieufement à
cette petite campagnarde ? lui dit cet
indigne confident. Si c'étoit une riche
héritiere, à la bonne heure : on pourroit alors te pardonner la ridicule idée
de mariage. Ne fais-tu donc pas qu'une
feule nuit de jouiffance eft capable

d'éteindre tous les feux dont on auroit
brûlé pour la plus jeune des Graces,
ou pour la Mere des Amours ? Eh !
faut-il donc époufer, pour poſſéder
l'objet de ſes plus tendres deſirs ? » —
« La réponſe qu'elle fera à mon billet
me décidera ſur le parti que je dois
prendre, répondit le Comte ; & alors,
peut-être, profiterai-je de ton avis ».

Mais on ne lui fit aucune réponſe.
Julie vint le trouver, & lui apprit que
le deſir de feconder ſes vœux l'avoit
perdue. Elle lui raconta ſa diſgrace,
& n'oublia point de lui parler du pré-
fent que lui avoit fait Louiſe, qu'elle
regardoit, dit-elle pour ranimer les
eſpérances du Comte, comme un gage
autant de la ſenſibilité de ſon cœur,
que de ſa généreuſe compaſſion. Le
Comte fut accablé de cette triſte nouvelle. Néanmoins il crut voir auſſi dans
la libéralité de Louiſe quelque choſe

de favorable à fon amour. Il imagina
que peut - être elle avoit confidéré
Julie comme une fille trop indifcrete,
pour en faire fa confidente dans une
amoureufe intrigue. Il eut foin d'imiter
fa générofité. Il fe feroit rendu à l'heure
même chez Madame de Moncrif, fi la
crainte de trouver auprès d'elle l'objet
de fes nouveaux feux ne l'eût retenu.

Mais Madame de Moncrif ne le laiffa
pas long-temps dans cette irréfolution.
Elle ne pouvoit fe paffer de fa fociété.
Son goût pour la dépenfe & pour la
galanterie le lui faifoit regarder comme
l'homme du monde qui lui étoit le plus
néceffaire : car elle ne formoit pas de
moindres prétentions fur fa bourfe que
fur fon cœur. Elle le prévint, en le
raillant d'une maniere agréable, fur la
démarche qu'il avoit hazardée auprès
de Louife. « Je vous ai étudié fi long-
temps pour pouvoir enchaîner votre

cœur ; & cette conquête m'eſt ravie par
une petite fille, élevée dans le fond
d'une campagne, dont tout le mérite
eſt une timide innocence ? Savez-vous
bien, Comte, que ſi on vous connoiſ-
ſoit ce ridicule, vous feriez un homme
perdu de réputation ? » Je veux bien
vous l'avouer, Madame, répliqua le
Comte, d'un air embarraſſé ; vous avez
découvert le ſecret de mon cœur ; je
trouve même du plaiſir à vous le montrer tout entier. Votre aimable Niece
a fait ſur mon ame la plus forte impreſſion. Où eſt-elle ; cette fille incom-
parable ? Je ne puis plus vivre ſans la
voir. » — « Avez-vous donc oublié
l'accueil qu'on a fait à votre lettre ? »
— » Je ſais tout, Madame ; mais je
ſais auſſi que j'ai trop oſé. C'eſt par
cette raiſon même, que je veux voir
Louiſe : je veux me jetter à ſes pieds :
je veux lui dire tout ce que m'inſpire

mon amour : & peut-être fera-t-elle plus fenfible à mes proteftations qu'à ma lettre où il m'a été impoffible de lui peindre toute la vivacité de mon amour, tout le feu du fentiment. » Ici, la paffion du Comte lui fuggéra un expédient qu'il crut propre à tromper Madame de Moncrif, mais qui ne fervit qu'à le tromper lui-même. » Vous riez de ma paffion, Madame ; vous voulez même m'en guérir. Il y en a un moyen facile, & il eft en vos mains. » Elle devint attentive.

» Oui, vous le pouvez aifément ; s'il eft vrai, comme on le croit généralement, qu'un commerce fréquent avec l'objet aimé, nous rend fa préfence moins chere, n'empêchez plus Louife d'être avec nous. Peut-être en la voyant fouvent, m'accoutumerai-je à la voir, & même enfin à la voir avec indifférence. Peut-être auffi n'a-t-elle pas ce tour d'efprit qui répand fur les charmes de la figure cet attrait enchanteur qui féduit, captive & fubjugue. Si vous me refufez cette grace , n'exigez pas de moi de fréquenter votre maifon. Les lieux où je ne la trouverai point me feront odieux ; & j'irai me confiner dans une terre étrangere où rien ne pourra m'en rappeller le fouvenir ».

Madame de Moncrif garda quelque temps le filence & rêva à fa propofition. Elle connoiffoit la véhémence du Comte ; la circonftance étoit critique : il falloit choifir entre le danger qu'il y avoit à lui faire connoître Louife, & le danger encore plus grand de le perdre. Elle fe promit tout de la légéreté du caractere du Comte. » Voilà les hommes ! répondit-elle en fouriant ; ce font des êtres qu'on ne peut jamais contenter. Cependant il faut que nous les fupportions. Lequel des deux fexes eft donc le plus foible? » En même temps elle tire le cordon. Louife entra avec ces graces modeftes, qui triomphent d'autant plus fûrement des cœurs qu'en paroiffant vouloir fe dérober à nos regards, elles doublent le plaifir que nous reffentons de les avoir remarquées. Elle parut un peu furprife de trouver le Comte, dont la contenance trahiffoit l'inquiétude & le trouble de fon cœur. Il fe leva, & fit quelques pas au devant d'elle. Il cherchoit encore ce qu'il devoit lui dire, lorfqu'elle paffa, en le faluant, les yeux baiffés. » J'attends vos ordres, ma Tante ». — » Ce que j'ai à vous ordonner cette fois-ci, Louife, ne vous paroîtra pas difficile. » Je ne trouve rien de pénible dans l'exécution de vos volontés ». — » Eh bien, on veut que vous foyez ici, que vous vous montriez, que vous receviez mille tendres excufes, que vous

vous entendiez mille proteftations fin-
ceres......& de qui ? De Monfieur. »
—» Moi, de Monfieur ? Et quelles
excufes ? Ah ! c'eft peut-être au fujet
de la lettre que vous favez. Je ferois
bien en droit de les exiger, Monfieur,
fi je n'y renonçois pas par modeftie ».
— » Ah ! cette indulgence , adorable
Louife, ne fert qu'à me faire paroître
encore plus coupable ! Je demandois
des reproches. Je les avois mérités. En
m'en accablant, vous auriez paru un
peu trop cruelle , j'aurois excité la
commifération , peut-être vous-même
en eufliez-vous été touchée, & votre
pitié me feroit moins infupportable que
cette froide indifférence ». — » Ah ! de
grace, Monfieur, ne continuez pas fur
ce ton. Il ne convient pas à une fille
de ma condition , de l'écouter plus
long-temps ; & vous ne devez pas, fans
blefler votre rang & votre caractere,

C

pouffer plus loin un jeu dont pour l'un
& pour l'autre il ne peut rien réfulter
d'agréable : car je ne puis regarder
votre billet que comme une plaifan-
terie. Mais dites-moi, Monfieur, ce
que vous-même penferiez d'un homme qui, après vous avoir vu une
feule fois, en paffant & fans vous connoître autrement, s'empreferoit de
vous offrir fon amitié? Et néanmoins
l'amitié eft un fentiment bien plus mo-
déré que l'amour. Vous feriez trop ju-
dicieux pour ne pas confidérer une
offre auffi hazardée comme l'effervef-
cence paffagere d'un cœur peut-être
généreux. Affurément vous n'exigeriez
pas la confiance d'un tel ami qu'il n'eût
auparavant acquis des droits fur la vôtre. Je vous laiffe à en faire l'applica-
tion ; & croyez, Monfieur, que je fuis
affez jufte pour oublier une tentative
qui n'étoit qu'un amufement de votre

part ». —» Que vous êtes injufte, fi
l'hommage que je rends à votre beauté,
à vos vertus, peut ne vous paroître
qu'un jeu. Ah ! Divine Louife, c'eft
vous offenfer vous-même que de ne
pas croire que vous devez faire fur les
cœurs l'impreffion la plus vive & la
plus durable ». — » J'ofe vous prier,
Monfieur, de ne pas pourfuivre une
converfation à laquelle ma Tante pourroit prendre trop peu d'intérêt».—»Ou
permettez plutôt, Comte, interrompit
prudemment Madame de Moncrif, que
Louife retourne à fes occupations. Vous
ne favez pas encore qu'elle gouverne
préfentement toute ma maifon. Je dois
applaudir à fa vigilante attention; je
crains feulement qu'elle ne porte trop
loin l'économie. Ne le penfez-vous pas
de même, Comte?» — » On ne me
permet pas de dire ce que je fens,
répondit-il. » — » Je ne voudrois pas,

reprit Louife, qu'il vous manquât quelque chofe, Madame ; mais je n'ai pu fouffrir de vous voir trompée par des domeftiques à qui vous donniez votre confiance, & que vous récompenfiez fi généreufement. Pour réparer un peu ces pertes, j'ai cru devoir d'abord retrancher quelques fuperfluités dans votre dépenfe : mais foyez perfuadée qu'il ne vous manquera rien de tout ce qui peut vous être agréable. En prononçant ces dernieres paroles, elle fit une révérence pleine de graces, & fe retira.

Le Comte la fuivit des yeux. Il étoit encore plus enchanté de fon efprit que de fes graces. L'admiration & la trifteffe partageoient fon cœur. Il voyoit dans Louife, la perfonne la plus accomplie, & il perdoit l'efpoir de la pofféder. Il ne manquoit dans ce moment qu'un Prêtre, & il auroit oublié fa répugnance pour le mariage. Madame de

Moncrif voulut vainement le rappeller à lui même, & lui faire reprendre cet air d'enjouement qui lui étoit si naturel. Il faisit, sans qu'elle s'en apperçut, l'occasion de s'échapper de son appartement où, assise dans une voluptueuse attitude sur un canapé destiné aux tendres mysteres, elle attendoit, pour lui prodiguer les plus douces caresses & partager ses transports, que la nuit vînt les envelopper de ses ombres. Le départ du Comte laissa dans son cœur un vuide immense. Elle se livra aux plus sombres réflexions. Son esprit s'occupoit, tout entier, des moyens de s'assurer un amant que le déclin de ses charmes sembloit devoir éloigner. Malgré l'envie qu'elle portoit à Louise, elle ne pouvoit s'empêcher de rendre justice à sa maniere de penser aussi noble que judicieuse. Tant que Louise conservera, avec sa beauté,

C 3

fon innocence & fa vertu, elle doit néceffairement plaire, & le Comte n'aura des yeux que pour elle. Mais fon cœur feroit-il inacceffible aux pieges de la féduction? L'image de la volupté eft encore neuve pour elle; lui pourroit-elle réfifter, fi on la lui préfentoit avec tous fes attraits? Ne ferat-il pas alors aifé au Comte de fubjuguer cette vertu imaginaire? Et dès qu'elle fera abaiffée au rang d'une maîtreffe ordinaire, tout fon pouvoir ceffe, & mon empire recommence. C'eft ainfi que Madame de Moncrif parloit tout bas à fon cœur; & elle réfolut de ménager au Comte les occafions de triompher de la vertu de Louife. Le remords, dans ce moment de folitude, pénétra dans fon ame troublée; à la vue d'un fi noir projet, la penfée de la mort & de l'éternité la fit frémir d'horreur. Mais fon épagneul vint la careffer; elle fe remit, & fa paffion l'aida à s'affermir dans fa réfolution criminelle..

Pour l'exécuter elle avoit befoin d'une perfonne de confiance; Julie qu'on avoit chaffée, lui parut tout-à-fait propre à feconder fes deffeins. Cette fille ravie d'être tirée de fon indigence, regagna bientôt l'affection de fa maîtreffe par la foumiffion la plus rampante.

L'état où fe trouvoit Louife, lui caufoit les plus vives inquiétudes. Elle s'appercevoit combien ce féjour pouvoit être dangereux à fon innocence. Malgré la fcrupuleufe attention avec laquelle elle veilloit fur tous les mouvements de fon cœur, elle ne fe croyoit pas en fûreté contre les pourfuites du Comte; & elle voyoit avec un chagrin fecret qu'un jeune homme, en qui brilloient les germes de toutes les vertus, fe laifsât gouverner par une femme

aussi légere qu'étoit sa Tante. Le retour inattendu de Julie jetta du soup-
çon dans son ame craintive. Elle ne
put croire que la pitié eût été le seul
motif de la reprendre. Elle devoit donc
se défier des ruses de Julie. » Que je
me vois abandonnée ! se disoit-elle en
soupirant. Je n'ai pas une amie, pas
une protectrice, & ma mere n'est plus !
mais ton image, ô la meilleure des meres ! m'est toujours présente. Le son de
tes dernieres paroles frappe encore
mon oreille. Ces paroles pleines d'une
piété solide, adressées au Ciel pour ta
fille, seront toujours pour elle un aver-
tissement de se résigner à la Providence ».

Dans cette situation trop incertaine,
Louise crut devoir s'adresser à la seule
personne qu'elle pouvoit intéresser, à
son Tuteur. Dormond, à qui elle tenoit par les liens du sang, étoit un

homme honnête. S'il n'eût pas vécu dans une terre éloignée, & qu'il eût été marié, il n'auroit pas abandonné Louise à sa Tante. Mais la vertu de cette aimable fille le rassuroit contre les dangers qu'elle pouvoit courir ; & comme elle étoit sans biens, c'étoit une raison de plus pour accepter les offres d'une si proche parente. Informé de tout ce qu'elle avoit à craindre, il se hâta de la tranquillifer. Il lui représenta que plus elle avoit à appréhender la séduction, plus elle devoit penser à ses devoirs & veiller sur son cœur ; & même que la vertu n'auroit que peu de mérite, si elle ne coûtoit rien. Louise sentit la force de cette exhortation, & devint plus calme.

Cependant le Comte, entraîné par le torrent des desirs d'un bouillant caractere, avoit formé de nouveaux desseins contre sa vertu. Il ne doutoit pas

que Madame de Moncrif ne fût toujours l'obstacle qui l'empêcheroit de
voir Louise en particulier. Il falloit
donc écarter cette incommode surveil-
lante ; & pour compléter le roman de
sa jeunesse, il ne lui manquoit qu'un
enlévement. La nouvelle que Julie venoit de rentrer, lui fit espérer qu'il lui
feroit encore moins difficile de faire
réussir son projet. Il en avoit déja con-
certé les moyens.

Madame de Moncrif , pour parve-
nir plus aisément à ses détestables fins ,
avoit imaginé d'aller, comme en partie
de plaisirs, à une maison de campagne
qui avoit été souvent le théatre de ses
débauches. Deux amies, à peu près
de son âge, & Louise qui, cette fois,
eut la permission de l'accompagner,
composerent seules la petite société.
A leur arrivée , elles entrerent dans
un salon orné de glaces, de tableaux

précieux , & où tout annonçoit les
commodités du luxe. Le plafond peint
par Œfer, repréfentoit le feſtin des
Dieux. L'Artiſte paroiſſoit avoir prêté
à la Déeffe de l'Amour les traits de
Louife;car elle n'y étoit diſtinguée que
par des graces modeſtes. Des croifées
de ce falon on découvroit toute l'é-
tendue du jardin où les careffes du
zéphyr , le parfum des rofes & le doux
murmure d'une cafcade les invitoient
à fe promener. La vue étoit agréablement terminée par un petit berceau
champêtre , entrelacé de jafmin qui,
interceptant les rayons du foleil , n'y
laiffoient pénétrer qu'un tendre crépufcule. A l'afpect des beautés qui
rappelloient à Louife la vie paifible de
la campagne , fon ame tendre s'ouvrit
à une joie pure , qui parut lui prêter
l'éclat des plus brillantes fleurs. Pour
complaire à fa Tante, elle avoit pour

ce jour-là, quitté le deuil & pris un
habillement gai ; & en la voyant, on
étoit enchanté de n'être point troublé,
par le révoltant contraste d'une som-
bre couleur avec la blancheur des lys
& le vermeil des roses, dans le plaisir
de la contempler. Elle s'étoit attendue
que le Comte seroit de la partie. Elle
fut un peu surprise de ne pas le voir
paroître ; mais elle se fit aussitôt un reproche secret de cette attention invo-
lontaire. » Pour cette fois, mes amies,
nous jouirons dans un paisible repos
des beautés variées du Printemps, dit
Madame de Moncrif ; nos plaisirs tran-
quilles ne seront point troublés par les
propos flatteurs de jeunes pétulants. J'ai,
à la vérité, fait dire au Comte que
nous sommes ici, mais que la promenade y tiendroit lieu du jeu, que tous
nos amusements se borneroient à quelques lectures choisies & à respirer au

milieu des fleurs, les vapeurs embaumées d'un air pur. Ainfi je ne penfe point qu'il vienne nous tenir compagnie ». Mais elle avoit à peine ceffé de parler que le Comte fe fit annoncer.

D'après les inftruétions qu'elle lui avoit données, il entra d'un air ouvert & très-agréable. » Je ne fuis pas encore bien certain, Madame, fi vous m'avez donné la permiffion de vous faire ici ma cour, ou fi c'étoit un avis de ne pas venir vous interrompre dans vos plaifirs ; du moins votre laquais s'eft énoncé d'une maniere équivoque ; mais j'ai mieux aimé l'expliquer à mon avantage, & vous prouver que je ne fuis pas moins que vous ami de la nature ; & que je fais compter parmi les vrais plaifirs, les agrémencs d'un beau jour de printemps ». — » Et fans égard aux perfonnes qui fe trouvent ici ? dit une des Dames en fouriant malignement ».

— » Je ne dis pas cela, Madame, je ferois tort à cette aimable compagnie, si je ne croyois pas qu'à la campagne notre plaifir augmente, en voyant auprès de nous quelqu'un à qui nous puiffions le communiquer. C'eft auffi pourquoi je vais fi rarement à ma terre, affuré de n'y point trouver celle qui feule pourroit l'embellir ». Ici, il jetta fur Louife des regards où fe peignoit le feu des defirs. Elle baiffa les yeux, mais elle lui fut gré de cette tournure adroite & modefte. Sa réponfe donna occafion, quand on fut à table, d'entrer dans quelques détails fur fes biens. Le Comte affura que fon pere en mourant les lui avoit laiffés en affez bon état, & avec plufieurs plans d'une excellente économie ; que lui-même y avoit fait des améliorations confidérables, mais que fon goût pour la vie tumultueufe des villes lui faifoit perdre

le fruit de toutes ces avantageuses dis-
positions, qui dépérissoient. Cela amena
naturellement cette question : Si le séjour de la ville est préférable à celui de
la campagne? Louise sembloit prévenue pour les charmes de la vie champêtre où l'on jouit d'une douce &
paisible innocence, & le Comte défendit son sentiment : mais il étoit aisé de
voir qu'il cherchoit moins à vaincre
dans cette agréable dispute, qu'à faire
briller l'esprit de Louise. Aussi ne se
servit-il que des arguments qui peuvent
raisonnablement justifier le séjour des
villes; & Louise parut l'en récompen-
ser en applaudissant à la solidité de ses
raisonnements. Le Comte sentit pour
la premiere fois le plaisir pur que nous
font éprouver les suffrages des personnes aimables; & Madame de Moncrif
triomphoit secrétement en croyant re-
marquer que les discours artificieux du

Comte faifoient fur le cœur de Louife
une vive impreffion.

Ne doutant prefque plus du fuccès
de fes pernicieux deffeins, elle pro-
pofa, au fortir de table, plufieurs jeux
en plein air, comme un piege où devoit fe prendre Louife. Mais le Comte
la fauva de tous ces embarras, en la
priant de permettre plutôt qu'on allât
vifiter les belles allées du Jardin. Il
donna la main à la maîtreffe du logis,
& parut, fans aucune affectation, montrer de l'indifférence envers Louife, à
qui il plut davantage, à mefure qu'il
devint plus modefte. » Vous jouez votre rôle à merveille, lui dit Madame
de Moncrif, après avoir devancé le
refte de la compagnie de quelques
pas; mais ne devenez pas trop férieux,
fi vous ne voulez pas bientôt paroître
auffi froid que Louife. Peut-être l'heure
du Berger fonnera-t-elle aujourd'hui

pour

pour vous. Profitez-en : je vous quitterai fans rien laiffer foupçonner ». Le Comte foupira & ne put lui répondre. Madame de Moncrif dit en fe retournant : » Louife, vous tiendrez compagnie au Comte pour quelques momens, tandis que nous autres ferons une partie de Tri fous ce tilleul. Il eft déja en fleurs; il faut en jouir : elles paffent comme la jeuneffe ». Rien n'eft plus vrai, Mademoifelle, dit le Comte, en prenant avec elle le chemin d'une allée ; & j'ai eu tort de difputer tantôt la préférence que mérite le riant féjour de la campagne. Chaque inftant fert à m'en faire mieux connoître le prix. Je ne me fouviens pas d'avoir jamais paffé à la ville un jour fi délicieux ». — » En ce cas, Monfieur, je vous plaindrois beaucoup, répondit Louife ; mais comment cela fe peut-il ? le choix de vos plaifirs n'eft-il pas à votre difpofition ?

D

Il y a peu de personnes à qui des affaires, ou des ordres supérieurs, n'en-
levent cette liberté ! » — » C'est cette
même liberté, Mademoiselle, qui pré-
sentement me déplait plus que jamais.
Comme tous mes jours s'écoulent dans
l'oisiveté, ou se trouvent remplis par
des amusements, le desir du repos ou
du plaisir ne se renouvelle jamais dans
mon cœur ; & par là, l'un & l'autre
me deviennent indifférents ». — » Vous
pensez si juste, Monsieur, qu'il me
semble que cette indifférence cesseroit
si vous vouliez bien en prendre la ré-
solution ». — » Eh ! le puis-je, Mademoiselle, sans être assuré de vous
plaire ? » — ».Cette question, Monsieur,
est étrange à notre sujet ; & vous m'o-
bligez de taire le conseil que j'allois
vous donner ».—» Vous alliez me donner
un conseil ? Ah ! belle Louise, parlez,
je vous le demande en grace ». — » Je

ne doute pas, Monſieur, que les plai-
ſirs de cette vie ne nous ſont accordés
par la Providence, que comme un dé-
laſſement dans nos occupations ; ils ne
doivent pas nous maîtriſer. Si l'on en
jouit après avoir achevé ſa tâche, ils
nous paroiſſent des fruits toujours doux ;
mais ils deviennent inſipides & bientôt
nuiſibles, ſi l'on ne vit que pour en
jouir. Remplir les devoirs de ſon état,
s'épuiſer en travaux utiles, & employer
enſuite quelques moments de loiſir
parmi les beautés de la nature, ou
dans les agrémerts des arts, ou dans le
ſein de l'amitié : voilà ce qui doit dou-
bler la jouiſſance du plaiſir, & nous
ramener au travail avec une nouvelle
ardeur. La vie d'un homme occupé
laiſſe peu de loiſirs, j'en conviens ;
mais ils n'en ſont que plus délicieux.
Cependant je vous prie de me pardonner cette légere digreſſion ; mon deſſein

n'eſt pas de moraliſer. Je ne juge peut-
être que ſelon les affections de mon
cœur. Après tant de triſtes jours qui
ont ſuivi la mort de la meilleure des
meres, je jouis, pour la premiere fois,
d'un jour ſerein.

Le Comte l'avoit écoutée dans un
reſpectueux ſilence. » Vous m'enchan-
tez, Mademoiſelle. Que vous êtes heu-
reuſe par vous-même ! & de quel bonheur ne comblerez-vous pas celui qui
ſaura vous inſpirer ce que je reſſens,
pour vous ! Ne fuyez pas à cette déclaration. Daignez m'entendre, Louiſe,
je vous en conjure. Oui, vous êtes trop
généreuſe pour être indifférente à l'eſ-
pece d'impreſſion que vous avez faite
ſur mon cœur. C'eſt depuis que j'ai le
bonheur de vous connoître que mon
train de vie m'eſt devenu odieux. Votre
exemple a plus de force ſur mon eſprit
que toutes les exhortations de mes pa-

rents. Je fuis prêt à rechercher un emploi honorable & à renoncer aux frivoles occupations qui m'ont diftrait jufqu'ici, fi je puis me flatter qu'alors je
ne vous déplairai plus ».

» Ce motif, Monfieur, reprit Louife
avec un ton plus affectueux qui n'é-
chappa pas au Comte, feroit trop peu
de chofe pour vous faire prendre une
fi noble réfolution. L'approbation de
votre cœur, le defir de la vraie gloire,
votre propre bonheur : voilà les raifons
preffantes qui vous y doivent engager.
Mon fuffrage eft une bagatelle, & ne
peut être pour vous d'aucune confidé-
ration. Mais je vous le pardonne ; c'eft
encore le ton que vous avez pris, jufqu'ici, avec plufieurs femmes de votre
connoiffance : & il s'accordoit peut-être
mieux avec leur caractere qu'avec le
mien ; car enfin, dans la fuppofition
même que vous ne me foyez pas in-

D 3

différent, je ne vois pas quelle influence cela peut avoir fur votre repos ».

Nos Amants s'approchoient du berceau où les invitoit d'entrer la fuave odeur du jafmin. » Dans la fuppofition que je ne vous fois pas indifférent, difiez-vous? Ah ! répétez-moi ces douces paroles, Mademoifelle ! Elles me font plus importantes que tout ce qu'on m'a jamais dit de flatteur ». Le Comte, en prononçant ces mots, faifit une de fes belles mains, qu'il baifa avec une refpectueufe tendreffe. Un gazon émaillé de violettes, leur offrit dans le berceau un fiege préférable à un canapé couvert de l'éclat des plus riches broderies. Le foir répandoit fur la verdure une lumiere moins vive. Par-tout on refpiroit les doux parfums des lys. Au murmure des eaux, & au tendre frémiffement des feuilles qu'agitoit l'haleine des zéphyrs, les oifeaux accordoient leur ramage , & appelloient d'une voix careffante leurs compagnes.

Mais ils furent interrompus par les fublimes accents d'un luth pincé par les doigts ailés d'un *Virtuofe* qu'avoit amené le Comte , & qui , tantôt avec la main enchantereffe de Weis accordoit les fons les plus touchants aux fentiments d'un cœur tendre , tantôt , femblable à une Z.... lorfqu'elle anime le claveffin , rappelloit dans l'ame , par une douce mélodie , la joie & la volupté.

Louife frémit en approchant d'un lieu fi dangereux. Cependant elle étoit fûre de fon cœur ; & dans ce moment elle réfolut d'éprouver fi le Comte. étoit capable d'un retour à la vertu. Elle retira fa main avec une indignation qui dut le furprendre. » Point de familiarités , Monfieur , auxquelles ni vous ni moi ne fommes autorifés. Prê-

tez à cette musique mélodieuse, une
oreille plus attentive. Ce phénomene,
est assurément votre ouvrage ». —
» Connoissant votre goût pour la musique , j'ai voulu vous en procurer ;
mais je ne croyois pas que celui qui tou-
che de ce Luth, seroit plus heureux
& plus digne que moi de votre attention. Vous ne voulez pas me dire plus
clairement, s'il m'est permis de vous aimer & d'espérer enfin de l'être à mon
tour ? » En parlant ainsi il se rapprocha
d'elle & voulut lui donner un baiser.
Mais Louise , lançant sur lui un regard qui le fit rentrer dans les bornes
du respect, se leva brusquement. » Je
vois bien, Monsieur , que vous me
confondez toujours avec une personne
un peu moins circonspecte, lui dit-elle ;
& aussitôt elle alla se placer à l'entrée
du berceau. » Pourquoi vous cacher
ainsi, Monsieur? dit-elle en adressant la

parole au Muſicien. Un homme de votre talent doit-il donc craindre de ſe montrer ? »

Le *Virtuoſe*, plus habile à pincer un Luth, qu'à tourner un compliment, ne répondit que par des révérences, lorſque Madame de Moncrif, impatiente d'apprendre l'iſſue de ſon ſtratagème, arriva avec ſa compagnie. Elle vit le Comte ſortir du berceau, diſtrait & confondu, & Louiſe entretenant le Muſicien, qui trouvoit ſes paroles auſſi harmonieuſes que ſon Luth.

Mais il fallut retourner à la ville. Le Comte, dont l'ame étoit dans le plus grand trouble, prit congé avec un air de confuſion. Il partit le premier ; & les ſombres inquiétudes l'accompagnerent.

Les Dames raillerent Louiſe ſur ſa longue promenade. Mais avec une bonne foj qui ne laiſſe après elle aucun

doute, elle leur conta la petite hif-
toire des fentiments du Comte. Son ré-
cit fut exact, mais circonfpect; car elle
aimoit à fe ménager l'inclination qu'il
avoit conçue pour elle. Madame de
Moncrif brûloit d'apprendre fa réfolution : tant fa retenue & fa modeftie lui
fembloient inconcevables.

Cependant il fe paffa plufieurs jours
avant qu'il reparût. L'entretien qu'il
avoit eu avec Louife s'étoit profondément gravé dans fon cœur. Il ne pouvoit oublier avec quelle vivacité elle
s'étoit intéreffée à fa gloire, & l'avoit
exhorté à fe confacrer à l'utilité publi-
que. » Seroit-ce, difoit-il en lui-même,
une voix du Ciel, & ai-je donc jufqu'ici fi peu connu mon devoir ? Le
cœur de l'aimable Louife feroit-il le
prix....? Mais non, elle eft peu touchée de mon amour ! C'eft une cruelle
qui fe joue de mon penchant, & qui

cache fon indifférence fous le voile d'une apparente générofité ».

Louife fut faire des réflexions plus élevées, fur fon aventure. Avant d'examiner la conduite du Comte, elle rentra dans fon propre cœur. Elle s'interrogeoit ainfi fur la nature de fes fentiments : » Ce que je fens, ne feroit-il que l'eftime que méritent fes bonnes qualités ? ou ne feroit-ce pas plutôt une approbation que la vanité de plaire m'engage à lui accorder? Trop foible cœur ! avoue que la figure du Comte, fes graces, fa grandeur abaiffée, ou même le defir de t'élever jufqu'à lui, t'ont prévenue en fa faveur, avant d'avoir porté la plus légere attention fur fon mérite, fur fes vertus, ou fur fa Religion ! Et à quoi te fervira maintenant cet examen ? Renoncera-t-il pour l'amour de toi aux plaifirs licencieux ? Ceffera-t-il, pour toi, de

prodiguer fa jeuneffe dans les diffipations de fon fiecle ? »

Ces idées jetterent le trouble dans
l'ame de la trop fenfible Louife. Dans
cette trifte fituation, & avec un cœur
profondément affligé, qui trouvoit cependant quelque confolation dans l'efpoir de s'attacher le Comte par de lé-
gitimes nœuds, elle vint trouver fa
Tante. » Jufqu'à ce moment vous m'a-
vez tenu lieu d'une tendre mere ; je
dois donc me comporter à votre égard
avec la fincérité d'une fille reconnoif-
fante. Vous favez ce qui fe paffa entre
le Comte & moi ; mais vous ignorez encore fous quelle face je confidere cette
aventure. Accoutumée de bonne heure
à être attentive à mes moindres actions,
& à veiller fur tous les mouvements de
mon cœur, j'en ai maintenant fondé
les replis, & j'y trouve...... Ici elle
héfita ; — & je n'y trouve que de l'a-

mour pour le Comte, interrompit Madame de Moncrif : n'eſt-ce pas ce que vous voulez dire, Louiſe ? » — » Je vous ai promis d'être ſincere. Si le Comte n'étoit pas au deſſus de mon état ; ſi ſes biens ne le mettoient pas en droit de prétendre à une plus haute alliance ; & ſur-tout s'il vouloit renoncer à cet eſprit de frivolités : je ne vous le cache point, ſon commerce me plairoit préférablement à celui de tout autre. Cependant ſon rang & ſes biens ne ſont pas les ſeuls obſtacles qui détruiſent mes eſpérances. Sa légéreté ne me ſemble pas ſuſceptible d'être fixée par un cœur qui, comme le mien, ignore les artifices. Quel fond pourroit faire ſur ſon caractere inconſtant une fille qui ſe croit moins née pour le grand monde, que pour les vertus domeſtiques ? » — » Eh bien, à quoi doit aboutir cet ingénieux prélude ? »

— » Le voici, reprit Louife; ces réflexions ne font probablement pas échappées au Comte : l'affection qu'il me porte, n'eft donc qu'une paffion paffagere & qui pourroit s'éteindre, fi elle étoit fatisfaite. Il faut donc que je le prévienne & que je ne le voie plus déformais. Peut-être trouvera-t-il un autre objet qui me fera oublier. Sauriez-vous, Madame, quelque moyen convenable de m'éloigner ? Car que vous l'évitiez vous-même, c'eft ce que je ne dois pas exiger de vous ». — » Ni l'attendre, répliqua froidement Madame de Moncrif ; vous me permettrez, Louife, de ne pas fonger encore, pour vos beaux yeux, à m'enfevelir dans la retraite. Sans chercher à éviter le Comte, ayez avec lui une noble liberté. Ce font vos airs de retenue & de modeftie déplacées qui excitent fon amour propre à vous rendre favorable à ſes deſirs. Et qui fait ſi votre fortune ne dépend pas de vous montrer moins rebelle à ſes vœux ?... Et cela vous fait rougir, Louiſe ? Cette propoſition eſt-elle donc ſi terrible ? Mais vous avouez vous-même que le Comte vous plaît. Si vous conſidériez votre peu de fortune, vous faiſiriez, je penſe, toutes les occaſions de vous l'attacher ».

» Jamais vous ne m'aviez encore fait ſentir ainſi mon indigence, répliqua Louiſe avec un ſoupir étouffé & les yeux humides de larmes ; mais même à cette humiliante propoſition je n'oublierai pas le reſpect que je vous dois ». Et elle ſe retira.

Elle entendit en s'éloignant les éclats de rire de ſa Tante qui regardoit ſa délicateſſe comme une ſimplicité étrange, mais qui ſongeoit cependant aux moyens de l'éloigner. L'une des deux Dames qui l'avoit accompagnée à la

campagne , la Comtesse de D......
avoit une fille qui étoit à la fleur de
son âge. Elle avoit remarqué, avec
un chagrin secret, le penchant visible
du Comte pour Louise qu'elle savoit
aussi être à charge à Madame de Moncrif. Sous le prétexte que la douceur &
l'habileté de cette vertueuse fille lui
plaisoit, elle avoit proposé à sa Tante
de l'emmener à une terre éloignée,
pour y tenir compagnie à sa fille. Cette
offre plut singuliérement à Madame de
Moncrif. En éloignant Louise, elle es-
péroit faire revenir le Comte à elle ; &
ce même soir elle fit prier la Comtesse
à souper. Elle vint, & amena sa fille
avec elle, dans l'espérance d'y rencon-
trer le Comte. Celui-ci n'avoit pas été
invité, afin de pouvoir délibérer avec
moins de gêne sur le projet qu'il falloit
lui cacher. Mais il n'avoit pu oublier la
derniere scene ; & son impatience de-
                                    posséder

posséder Louise ne lui laissoit plus aucun repos. Il s'étoit déja plus d'une fois
proposé de changer son genre de vie,
de renoncer à de vains amusements,
de marcher dans une glorieuse carriere,
& de mériter, à force de vertus, la
main de son adorable Louise.

Il entra avec ce tendre embarras
qui annonçoit le trouble de son ame;
mais qui loin de déplaire, le rendoit
encore plus intéressant. Il fut d'abord
agréablement surpris d'y trouver, contre son attente, la jeune Comtesse qui
cherchoit à relever ses graces naturel-
les, par tous ces jolis riens si admirés
des gens du monde. Ses yeux furent
éblouis; mais son cœur ne fut point sa-
tisfait. Il bruloit du desir de revoir
Louise qui, à des charmes plus touchants, joignoit mille autres perfections.
Elle se fit long-temps desirer. Ce ne fut
qu'après des instances pressantes & réi-

E

térées, & même qu'après avoir rempli
ses occupations ordinaires, qu'elle vint
joindre la compagnie. L'habit de deuil
qu'elle avoit repris s'accordoit avec
l'affliction muette qu'on remarquoit
dans ses yeux, alors semblables à une
douce lumiere enveloppée de nuages.
Mais avec cet air de mélancolie toute
sa personne sembloit respirer une aimable langueur, & elle plaisoit infiniment
plus que la petite Comtesse. Celle-ci
disparoissoit presque sous l'éclat d'une
parure étudiée ; dans celle-là on ne
voyoit que Louise, & on croyoit n'a-
voir rien à desirer. La jeune Comtesse
vint aussitôt l'embrasser affectueuse-
ment, en lui prodiguant mille louanges outrées. Elle envioit à sa mere le
jour délicieux qu'elle avoit derniére-
ment passé avec elle à la campagne;
elle lui demanda son amitié, & lui jura
un inviolable attachement. Le Comte

saifit cette occafion de demander à la
jeune Comteffe, s'il ne lui avoit pas
parlé des graces de Louife, d'une maniere encore trop réfervée? » Affûré-
ment, Monfieur, répliqua-t-elle, fans
laiffer à Louife le temps de décliner cet
éloge, je vous fuis obligée de m'avoir
ainfi ménagé le plaifir de la furprife ;
mais vous me permettrez de blâmer une
chofe en Mademoifelle : car vous ne
penfez pas fans doute, ma chere, être
à l'abri de tous reproches, de vous fou-
ftraire à la fociété avec tant de droits
de s'y montrer? » — » Je ne commen-
cerai pas par vous contredire, Comteffe, quoi que vous puiffiez dire à mon
avantage ; des propos fi flatteurs fe ré-
futent d'eux-mêmes. Mais je dois répondre à ce que vous dites touchant
ma vie retirée. Si, par goût, je ne
fuyois pas le grand monde, la médiocrité de ma fortune m'en feroit nécef-

fairement une loi. Vous le favez, cha-
cun a ici fa claffe affignée. Dans celle
où vous êtes placés, vous & Monfieur
le Comte, bien des chofes font peut-
être permifes, qui dans ma fphere
moins élevée feroient repréhenfibles. »
A ces mots elle porta fur le Comte
un regard qui lui rappella la témérité qu'il s'étoit permife fous le berceau. » Mais la faute la plus impar-
donnable de ma part, continua-t-
elle, ce feroit de ne pas accepter,
chere Comteffe, votre amitié fi généreufement offerte. » Et elles s'embraf-
ferent. Le cœur du Comte treffaillit de
joie, de trouver Louife fi fupérieure à
une perfonne faite pour plaire & vé-
ritablement agréable. La jeune Comteffe tourna la converfation fur les occupations de Louife, fur les divertif-
fements ordinaires, fur le choix d'un
époux ; elle parla de toutes ces chofes
avec une liberté décente & avec ces

graces légeres qui flattent l'oreille fans
pénétrer jufqu'au cœur. » J'apprends,
ma chere Louife, que vous ne vous li-
vrez qu'à des occupations utiles. » —
» Ces mêmes occupations, Comteffe,
ne vous font pas étrangeres. » — » Oh !
je vous demande pardon, j'ai vu quel-
ques-uns de vos deffeins, ils font par-
faits : je n'oferois me promettre de ma-
nier jamais le crayon avec tant de légéreté, de goût & d'habileté ; mais je
fuis encore plus loin d'avoir autant de
lectures que vous. » — » En cela je
penfe que le choix eft préférable au
nombre. C'eft du moins l'avis de Madame de Beaumont, dont vous con-
noiffez les ouvrages. » — » Je ne les
ai jamais lus. » — » Je vous les con-
feille, Comteffe ; vous les trouverez
auffi agréables qu'inftructifs. Une femme
qui, à tant d'efprit, joignoit une grande
connoiffance du monde, étoit feule ca-

E 3

pable de nous donner les plus utiles
leçons. Elle a approfondi le cœur hu-
main ; elle a cru devoir nous éclairer
fur nos foibleſſes. Elle nous indique notre vraie deſtination, celle de faire un
jour le contentement d'un époux, la
félicité d'une famille, le bonheur du
monde. Mais pardonnez, Comteſſe, à
l'eſtimable Auteur dont je parle, ſi je
deviens trop ſérieuſe. » — » Pourvu
que vous ne rendiez pas le Comte trop
grave ! Voyez comme il eſt devenu rê-
veur à votre petit ſermon. » — » Je vous
laiſſe le plaiſir de lui faire reprendre ſon
humeur enjouée, dit Louiſe avec un
innocent ſourire. » — » Ce triomphe,
belle Comteſſe, ſeroit trop peu de
choſe pour vous, répliqua le Comte ;
& il alloit pourſuivre, mais on vint
avertir qu'on avoit ſervi. Louiſe ſe plaça
à côté de ſa Tante, quoiqu'elle eût
mieux aimé ſéparer le Comte de ſa

charmante voifine. Car quel que fût fon afcendant fur lui , elle craignoit l'impreffion que celle-ci pourroit faire fur fon cœur foible & léger. Cette appréhenfion ne lui permit pas d'être auffi gaie que les autres ; car Madame de Moncrif & la Comteffe mere fe réjouiffoient du plan qu'elles avoient formé , & fa fille profitoit du voifinage du Comte , pour attaquer fon cœur avec tous fes charmes. Mais Louife l'occupoit tout entier. Il defiroit , une feconde fois, avec elle un entretien particulier , & de lui offrir fon cœur & fa main. Ce qu'elle avoit dit de la deftination de fon fexe ne lui fortoit pas de l'efprit. » Puiffes-tu,fe difoit-il à lui-même , être l'époux fortuné dont elle fera le bonheur ! » Il ne put dans ce moment lui dire que peu de chofe. La vigilance de fa belle voifine ne lui en laiffoit pas l'occafion. Après la table Louife étoit

disparue sans qu'on s'en fût apperçu.
On demanda de ses nouvelles, & on
apprit qu'une légere incommodité l'a-
voit obligée de se retirer dans sa chambre. Le Comte en fut troublé. Il accom-
pagna les Comtesses jusqu'à leur voiture, & revint promptement sur ses pas.
Madame de Moncrif venoit de passer
dans son cabinet.

» Je sens, Madame, lui dit-il, que
j'abuse de votre patience. Mais l'état
où je suis est digne de pitié. Eh ! pourquoi aussi m'avez-vous fait connoître
Louise ? » —» En vérité, Comte, vous
ne méritez pas d'être plaint. Est-il pos-
sible que vous vous oubliiez au point
de concevoir une passion sérieuse pour
une fille qui n'est pas faite pour être
votre épouse ». — » Quel pourroit
donc en être l'obstacle ? Ses graces &
ses vertus la rendent digne du plus haut
rang ; & en l'épousant, je verrois le

monde entier m'envier mon bonheur»:
—» Ah ! Comte, pour le coup, vous
extravaguez. Un homme de votre qua-
lité, de votre fortune, de votre figure,
ne doit jamais s'abaiffer dans le choix
d'une femme : fon époufe doit lui apporter des tréfors, ou l'élever à de plus
grands honneurs. Quant à une inclination paffagere, il peut trouver des
moyens de fe fatisfaire, mais elle ne
doit pas l'enchaîner. Quel malheur ne
feroit-ce pas pour vous, de poffeder
Louife ! Quelles fâcheufes fuites ne ré-
fulteroit-il pas d'une union fi peu af-
fortie ? Les plaifirs de l'amour s'éva-
nouiffent avec la premiere jouiffance ;
& alors il ne vous refteroit que la
charge d'entretenir une grande maifon,
& d'avoir toujours à vos côtés une im-
portune émiffaire qui obferveroit tous
vos pas, & qui vous feroit acheter
par mille tourments domeftiques, les

amufements dont vous pourriez jouir
au dehors ». Le Comte ne répondoit.
rien & fe tenoit triftement appuyé fur
une chaife. » Mais je veux que vous
voyiez jufqu'où va mon amitié pour
vous, continua Madame de Moncrif,
en ouvrant la porte d'une chambre
voifine. Tenez, cette feconde porte
vous montre le chemin de cette félicité
fi ardemment defirée. Faites valoir toutes vos graces, Comte, & foyez heureux. Je porte envie à Louife ». Le
Comte, étonné de cette propofition &
fans y réfléchir, avoit enfilé le paffage,
& Madame de Moncrif avoit refermé
fa porte. Il fe trouvoit à l'entrée de la
chambre à coucher de Louife. Un fentiment inconnu s'empara de lui : il trem-
bloit de faire un pas de plus ; & cependant il étoit trop près de l'objet de fes
vœux pour reculer. Au même inftant il
crut entendre une voix à demi étouffée
par de profonds foupirs. Il devint at-

tentif. Avec qui peut-elle donc s'entretenir si tard ? Il prête l'oreille ; alors il
entendit ces paroles prononcées avec
fenfibilité : » Oui , tout mon amour
vous eft du ! vous feul pouvez verfer
dans mon cœur cette joie pure , cette
volupté célefte....» — » Ah ! s'écria le
Comte , emporté par une jaloufe rage
& entrant brufquement , j'ai donc un
rival heureux ! .... » Mais il demeura
immobile de furprife , en la trouvant
à genoux , élevant vers le Ciel fes
tremblantes mains & fes yeux mouillés
de larmes , & devant elle une bible ouverte. Cet acte de réligion , le filence
de la nuit & le foible crépufcule qui
régnoit dans l'appartement , firent fur
fon ame la plus forte impreffion. Louife
s'étoit effrayée , mais elle fe poffédoit
affez pour fe relever. » Vous avez ap-
paremment cru entrer chez ma Tante ,
Monfieur ? autrement je ne faurois

excufer votre préfence , quoique cette
excufe ne vous foit pas fort honorable.
Vous ne me répondez pas, Monfieur ?
Qui cherchez-vous ici ? En même-
temps Louife tira le cordon de fa fon-
nette. » Je cherchois mon rival, Mademoifelle , répondit enfin le Comte. Je
n'ai pu réfifter au defir de voir quel
étoit celui à qui je vous ai entendu ju-
rer un amour fans partage. Mais à qui
adreffiez-vous vos vœux ! Hélas ! je l'ai
trop méconnu cet Etre des Etres. Votre
piété , votre exemple m'obligeront à un
fincere retour fur moi-même. Ma confufion vous explique le refte. Mais je
ne fuis pas le feul, divine Louife , qui
mérite d'être en but à vos reproches
accablants. Votre Tante a irrité ma
témérité , & j'ai volontiers fuivi des
confeils qui ne s'accordoient que trop
bien avec une paffion qui regne impé-
rieufement fur mon cœur. »

» Je ne veux pas, Monfieur, pénétrer plus avant dans vos deffeins, répliqua Louife. En général vous vous
trompez, fi vous croyez pouvoir les
faire réuffir. J'eftime vos bonnes qualités : ne me forcez pas à vous haïr.
Quelles vues, jufqu'ici, avez-vous eues
dans vos infinuations ? éto't-ce de faire
le malheur d'une fille que vous flattiez
de votre tendreffe ? Le Comte de C...
dégraderoit ainfi fon caractere?Ou bien
vouliez-vous m'offrir votre main? Dans
cette fuppofition même, vous n'avez
confulté ni votre bonheur, ni le mien.
N'éprouveriez-vous aucun mécontent-
tement d'avoir une époufe d'un caractere auffi différent du vôtre ? Vous
vouez votre vie à la diffipation : je crois
devoir la mienne au travail, à la médi-
tation. Croyez-moi, Monfieur, ceffez
d'allarmer une fille qui n'eft déjà
que trop malheureufe, & ne m'o-

bligez pas à vous refuſer cette eſti-
me que j'ai eue pour vous juſqu'à ce
moment. Il eſt tard, laiſſez-moi, je
vous en prie....» — » Vous ſerez
obéie, Mademoiſelle, je ſors. Hélas!
que ne puis-je imiter votre indifférence!
Mais je ne dois pas m'en plaindre, je
l'ai méritée. Si je ne puis être digne de
votre amour, je ne veux pas du moins
m'attirer votre haine. » A ces mots, la
douleur dans les yeux & dans le cœur,
il ſe retira par la porte où Julie étoit
entrée. Cette fille avoit été témoin de
la derniere ſcene, & étoit auſſi émue
que Louiſe. Les impreſſions de la vertu
s'étoient réveillées dans ſon ame attendrie. Elle rapporta à Madame de Moncrif, comme elle y étoit obligée, ce
qui venoit de ſe paſſer; mais elle con-
çut de l'horreur pour une femme auſſi
débauchée. A peine eut-elle appris
d'elle le projet ſecret de conduire

Louife à la terre de la Comteffe de D.... qu'elle fe hâta de le découvrir au Comte. Celui-ci en avertit le Tuteur de Louife, dont il avoit gagné l'amitié depuis quelque temps.

Cependant Louife l'avoit prévenu; elle voyoit qu'il lui feroit impoffible de refter déformais tranquille dans la maifon de fa parente. Elle pria donc de nouveau fon Tuteur, d'interpofer fon autorité pour la placer dans une maifon moins dangereufe pour fa vertu : elle crut devoir, avec fa Tante, diffimuler fon mécontentement. Elle lui parla de la vifite nocturne du Comte, comme d'une extravagance qui ne la furprenoit pas dans un homme de fon caractere. Madame de Moncrif fort contente de la fécurité apparente de Louife, fe perfuadoit qu'elle pourroit exécuter fon projet fans aucun obftacle. Elle fut affez circonfpecte pour ne pas

faire elle-même à sa Niece la proposi-
tion d'accompagner la jeune Comtesse
à la campagne. Celle-ci sut profiter d'un
instant où elle étoit avec Louise dans
une parfaite intimité. Elle lui demanda
comme la plus haute marque de son
amitié de vouloir se rendre avec elle
dans leur terre ; & Louise y consentit
sans peine. Cependant Julie avoit eu
secrétement ordre de préparer tout ce
qui lui étoit nécessaire, pour la transfé-
rer de cette campagne dans un couvent où elle devoit être gardée tant
qu'on pourvoiroit à sa dépense. Mais
l'intérêt de cette fille, déja attachée
au Comte, la porta à lui communiquer
la lettre qu'elle devoit remettre à la
Supérieure, & le Comte apprit le jour
du départ aussitôt que Louise. Elle
quitta la maison de sa Tante avec un
sentiment mêlé de satisfaction & d'un
secret chagrin ; elle auroit voulu revoir
encore

encore le Comte avant de s'en éloigner : elle pouvoit en cela n'avoir d'autre defir que de s'affurer fi ce qu'elle lui avoit dit en dernier lieu, avoit fait quelque impreffion fur fon cœur. Mais il n'avoit pas oublié fa promeffe, & il n'avoit pas reparu devant elle.

Louife venoit d'embraffer fa Tante pour la derniere fois, & de fe mettre en voyage avec la Comteffe & fa fille. Elles s'entretenoient des agréments de la campagne où elles alloient paffer la belle faifon, & cette converfation réveilla dans le cœur de Louife le fouvenir riant de l'aurore de fa vie. Occupées agréablement des innocents plaifirs qui les attendoient, elles s'éloignoient infenfiblement de la ville, & elles entroient dans un bois un peu obfcur, lorfque tout-à-coup leur voiture s'arrêta. Elles entendirent le bruit de plufieurs chevaux & en même-temps une

voix menaçante ordonna au cocher de
prendre la route qu'on lui montroit.
Les Dames poussèrent des cris perçants.
La Comtesse mere, à demi morte de
peur, mit la tête à la portiere, mais
elle n'apperçut que quelques Domesti-
ques inconnus, à cheval, dont l'un
préfentoit au cocher une bourse d'une
main & un pistolet de l'autre. Le cocher comprit d'abord que le chemin
qu'on lui indiquoit étoit le plus sûr, &
il le suivit. Un autre Domestique s'approcha de la voiture, & pria les Dames
de ne point s'allarmer, les assurant qu'elles n'avoient à craindre aucun désagré-
ment, & que tout ce qu'on exigeoit
d'elles étoit de poursuivre leur route
par un autre chemin. Louise & la jeune
Comtesse ne pouvoient revenir de leur
frayeur. La premiere crut aussitôt que
c'étoit un projet du Comte, & commen-
çoit déja à le détester. Cependant elle

n'oſoit s'expliquer, & la Comteſſe pouvoit également préſumer qu'on en vouloit à ſa fille, qui n'avoit que trop d'attraits. L'eſcorte inconnue s'étoit déja
un peu éloignée de la voiture, à l'ex-
ception d'un ſeul qui de temps en
temps avertiſſoit le cocher du chemin
qu'il devoit tenir. Dans la conſterna-
tion générale, Louiſe n'avoit pas reconnu la voix du Comte; elle faiſoit,
avec les autres, cent conjectures diffé-
rentes ſur cette aventure, tandis que
leur cocher faiſoit la plus grande dili-
gence. Enfin,elles accuſerent le Comte,
& l'excuſerent le moment après. Elles
étoient encore à ſe plaindre d'un acci-
dent qu'elles croyoient pouvoir leur
devenir funeſte, quand elles arriverent
à une maiſon de campagne que la Comteſſe ne reconnut point être celle qui
appartenoit au Comte. Le Domeſtique,
qui avoit ſervi de guide, s'approcha

de la voiture , & d'un air poli & re-
fpectueux il pria Louife de defcendre.
Elle s'en défendit très-férieufement ; la
Comteffe même lui repréfentoit qu'on
feroit obligé de céder à la violence :
mais dans le moment on vit paroître
Dormond , le Tuteur de Louife. » Vous
vous faites donc une fi grande peine ,
Mademoifelle , de revoir votre Tuteur ? » Cette apparition fi inattendue
fut pour Louife une agréable furprife.
Cependant elle ne favoit pas trop encore fi elle devoit quitter la Comteffe.
» Je fuis au défefpoir , continua Dormond , qu'il vous ait fallu venir à ma
Terre dans une telle confternation ;
mais cela étoit néceffaire pour vous garantir d'un piege un peu plus défagréable. Connoiffez-vous cette main ,
Louife ? » Ici il lui montra la lettre
que fa Tante avoit écrite à la Supérieure du Couvent où elle devoit être

renfermée. » Voilà, pourfuivit-il, l'honnête parente qui, après la mort de
votre mere, vouloit prendre le foin de
votre fortune. Venez, Mademoifelle,
c'eft ici chez ma fœur ; vous y trouverez un azile plus fûr pour la vertu que
dans cette maifon licentieufe d'où vous
fortez. Ne craignez rien de ceux qui
vous ont efcortée, ils font partis, vous
faurez bientôt que c'eft par la voie d'un
ami, & de mon confentement, que
vous avez été conduite ici. Vous, Mef-
dames, vous pouvez fans obftacle continuer votre chemin, à moins qu'il ne
vous plaife de mettre ici pied à terre. »
La Comteffe voulut non-feulement fe
juftifier, mais encore fe plaindre de ce
procédé : mais Dormond mena Louife
à fa fœur, & ordonna au cocher de
s'en retourner auffi promptement qu'il
étoit arrivé.

Louife fut long-temps avant de pou-

voir se remettre de son trouble. Dormond lui découvrit tout le projet de
Madame de Moncrif, & avec quelle
précaution le Comte l'avoit prévenue.
Il lui assura que celui-ci, dans le dernier entretien qu'ils avoient eu ensem-
ble, lui avoit paru infiniment touché
de sa vertu & de ses graces ; qu'il lui
avoit protesté qu'il regarderoit comme
le plus grand bonheur, celui de pouvoir mériter sa tendresse ; qu'il avoit
voulu lui donner la premiere preuve
de la droiture de ses intentions, en la
faisant passer de la maison dangereuse
de sa Tante, dans un séjour plus sûr,
chez son Tuteur ; qu'il ne reparoîtroit
devant elle que quand elle auroit oublié sa légéreté passée & commencé à
avoir de ses sentiments une opinion
moins désavantageuse. La sœur de Dormond, femme d'un certain âge & d'un
excellent caractere, prit aussitôt Louise

en affection ; elle ramena le calme dans
fon ame, en l'affurant qu'elle étoit ab-
folument la maîtreffe de choifir tel autre féjour qu'elle jugeroit à propos, mais
que fi elle vouloit fe confier à fon amitié, elle feroit charmée de lui tenir lieu
de mere. La probité de ces perfonnes
eftimables, l'ordre & la piété qui ré-
gnoient dans toute la maifon, adouci-
rent les chagrins de Louife ; elle com-
mença à fouhaiter que toutes les efpé-
rances que Dormond lui faifoit naître
des fentiments du Comte, puffent s'ac-
complir, mais elle fe défioit trop de
l'inconftance de fon efprit & de la légéreté de fon cœur pour fe rendre à
une premiere propofition.

Le Comte ne s'étoit pas encore montré, mais les nouvelles qu'on en rece-
voit lui étoient favorables. On apprit
qu'il venoit de mettre un nouvel ordre
dans fa dépenfe, dont il avoit retran-

F 4

ché le fuperflu ; qu'il recherchoit avec
fuccès ùn emploi convenable à fon
rang ; qu'il évitoit ces fociétés où l'in-
tégrité des mœurs, l'innoncence & la
vertu étoient regardées comme des ri-
dicules, & qu'il paffoit une grande partie de fon temps dans une campagne qui
n'étoit pas éloignée. Il ofa enfin lui
offrir fa main & fa fortune par fon Tuteur. Mais Louife, toujours craintive,
ne put encore fe réfoudre à accepter
cette offre généreufe ; elle foutenoit
que, ne fe croyant pas capable de s'affurer fon cœur pour toujours , de ces
nœuds réfulteroit leur commun malheur. Dormond ne flattoit pas le Comte,
quelle que fût pour lui fon amitié &
fon eftime ; il l'avertit que, fans une
preuve frappante de fon retour à la
vertu, il ne pouvoit rien fur le cœur
de Louife. » Vous l'aurez dès demain
répondit le Comte, en le quittant.

Cependant Louife trouvoit les plus douces confolations dans le fein de fa nouvelle amie, qu'une févérité fagement modérée, & un efprit orné de connoiffances utiles diftinguoient fi avantageufement de Madame de Moncrif. Elles s'entretenoient, un matin, des difficultés de faire des unions vertueufes & durables. La fœur de Dormond exhortoit fon éleve à s'abandonner toujours à la Providence. A l'inftant Dormond entra avec quelques papiers. » Je vous ai entendues, mes cheres amies, leur dit-il en fouriant. Vous avez raifon, Louife, de prétendre qu'il n'eft pas aifé de faire, dans un époux, un heureux choix. Néanmoins je vais vous en propofer un, & je fuis curieux de favoir quel jugement vous allez en porter. » — » Un autre que le Comte de C....? » interrompit fa fœur. » — Oui, un autre, répondit Dormond. Vous ne pouvez, dites-vous, prendre quelque confiance dans un jeune homme qui a montré trop de penchant pour les amufements frivoles ; eh bien , refuferez-vous votre main à un homme plus mûr, plus prudent, & qui eft, du moins, fier de fon bon cœur ? » — » Je l'accepterois fans doute de votre main, fi la médiocrité de ma fortune ne me faifoit pas regarder comme une indifcrétion, un confentement qui pourroit mettre un homme honnête dans l'embarras. » — » Ainfi, pourfuivit Dormond, vous vous décideriez avec moins de répugnance, fi vous aviez une fortune convenable ? » — » Peut-être plutôt, repartit Louife d'une voix un peu altérée. » — » Cela eft-il certain ? continua Dormond ; pourriez-vous bien vous y réfoudre, quand même cet époux n'auroit pas toutes ces graces

qui préviennent en faveur du Comte ? »
— » Je me reproche fans doute de
m'être laiffée prévenir par ces trop
féduifants dehors ; mais , mon cher
Monfieur Dormond, pouvez-vous bien,
avec toute votre humanité , vous jouer
ainfi de votre pupille ? J'aime mieux ne
pas favoir votre fecret. » — » Non pas,
Mademoifelle, non pas; il faut que vous
l'appreniez , il nous eft trop important
à tous les deux. Sachez donc que le
mari qu'on vous offre eft tel que je ne
pourrois ne pas en approuver le choix ;
bien plus , que par ce papier, vous ac-
quérez affez de bien pour cet époux ,
mais auffi que ce même époux. ... n'eft
pas le Comte de C. ... C'eft de lui qu'à
l'heure même je viens de recevoir une
lettre qui vous eft adreffée , & dont je
dois vous faire la lecture. » Dormond
lut : » Mademoifelle.

» Je ne me plaindrai point de vous

» trouver conftamment contraire à mes
» vœux & infenfible à l'amour le plus
» tendre. Je confidere votre indiffé-
» rence comme une jufte punition de
» mon ancienne conduite, hélas ! trop
» repréhenfible. Mais fi j'ai reconnu
» mes erreurs, c'eft à vos vertus que
» j'en fuis redevable, & je crois devoir
» vous en marquer toute ma recon-
» noiffance.

. » S'il m'étoit poffible de chercher le
» bonheur dans une autre époufe, je
» ne jouirois néanmoins d'aucun repos,
» fans être affuré que vous coulez des
» jours paifibles & fortunés. J'ofe donc
» dans cette lettre, vous demander vo-
» tre amitié, & vous engager à deve-
» nir parfaitement heureufe. Vous le
» ferez, fans doute, en acceptant la
» main de mon ami, votre digne Tu-
» teur. Puifque je ne peux pas vous
» poffeder, fouffrez du moins que je

» fasse un premier usage légitime de
» mon bien, en vous constituant une
» dot. Je vous rends maîtresse d'une
» somme suffisante pour ne pas crain-
» dre d'apporter trop peu en mariage à
» notre Dormond. Je sais que le don
» que vous lui ferez de votre main est
» d'une toute autre considération. Aussi
» n'est-ce que de lui que j'exigerai des
» remerciments. Il en coûte à mon
» cœur.....! mais n'importe, pourvu
» que je vous sache heureuse ! Vivez
» contents tous les deux ; & vous, Ma-
» demoiselle, pensez désormais avec
» moins d'indifférence à votre ami,

» Le Comte de C...

» Tenez, poursuivit Dormond, je
vous remets la lettre & le billet de
banque de dix mille écus. Vous rou-
gissez, Louise ! Pourquoi baisser les
yeux? Je me doutois bien que ma pro-
position ne vous agréeroit pas ; & ce-

pendant vous me promettiez tantôt de
l'accepter.» — » Au fond , je ne vous
ai rien promis , répondit Louise avec
quelque confusion. Néanmoins si vous
approuviez l'idée que l'amitié a inspi-
rée au Comte , je ne me ferois pas de
scrupule d'y souscrire ; mais une chose
que vous voudriez bien me permettre,
ce seroit que je rendisse au Comte son
généreux présent. Vous n'en voudriez
pas moins accepter ma main ? » — » Assurément , & même elle me seroit d'un
prix inestimable si j'étois plus jeune, &
le Comte moins aimable. » — » Quoique je ne puisse refuser mon approbation au procédé noble du Comte, reprit Louise , la disparité de nos âges
n'est pas si grande , & j'aurois sujet
d'estimer beaucoup un sage conducteur
de ma jeunesse.» — » Pensez-y, Louise !
Quoique vous n'acceptiez pas ma main,
le Comte n'est pas homme à retirer le

don qu'il vous a fait. » Rendez-le lui,
& devenez mon époux.» —» Oh ! pour
cela, reprit Dormond, il faudroit mon
confentement : & c'eft ce que vous
n'obtiendrez pas avec tous vos attraits.»
— » Vous me refufez, Monfieur? Eh
bien, remettez au Comte fon offre entiere, & affurez-le, que je n'oublierai
jamais une action fi noble & fi définté-
reffée. »

» Combien durera donc ce combat
de générofité? interrompit la fœur de
Dormond. Voyons, permettez que je
life dans vos yeux. J'y trouve bien de
l'amour, mais c'eft de l'amour pour le
Comte, & vous avez voulu, jufqu'ici,
vous le diffimuler à vous-même. Votre
motif étoit louable : il n'étoit pas encore digne de toute votre tendreffe, &
votre raifon triomphoit de votre cœur;
mais votre tendre penchant redevient
légitime. Cette lettre vous annonce

que votre amant eft changé ; & qu'il mérite aujourd'hui toute votre affection. Un homme capable de faire tout ce que vous avez remarqué jufqu'ici dans le Comte, femble promettre à fon époufe toutes les douceurs d'une tendre union ; & votre vertu acheve de vous l'attacher, quand même vous auriez moins de charmes.

Louife garda le filence, & ne put retenir quelques larmes. » Soyez tranquille, reprit Dormond d'un air enjoué, je remettrai au Comte le don qu'il vous faifoit, mais je ne puis m'empêcher d'admirer la nobleffe & l'élévation de fes fentiments, & je lui envie prefque le plaifir de vous avoir offert une telle dot. » — » Peut-être, dit Louife en foupirant, la grandeur d'ame y a-t-elle moins de part, que la vanité. » — » Mais fi je vous prouvois le contraire, répliqua Dormond, toujours en souriant, n'en seriez-vous pas bien reconnoissante?» — » Quelle reconnoissance peut m'être permise? reprit Louise avec vivacité. Si ma main.... mais il la dédaigne !

» Moi, je la dédaignerois, Mademoiselle ? interrompit le Comte que Dormond venoit d'introduire ; je pourrois refuser ce qui a été l'objet de mes vœux les plus ardents ? Ah ! divine Louise, en tombant à ses pieds, connoissez mieux ce cœur qui brûle d'être à vous. Croyez-en mes sermens, mes transports. Daignez, ô daignez m'accorder cette main ! Je vous jure, ma Louise, un amour éternel ; Dormond sera mon garant. Ah ! puisse l'instant où je cesserai de vous aimer, être le dernier de mes jours !

Louise étonnée, attendrie, respiroit à peine. La crainte, la joie, l'amour partageoient son ame troublée ;

G

elle releve le Comte & paroît n'être
pas encore affurée de fa conftance ;
mais fes proteftations, fes larmes, l'in-
terceffion de Dormond & de fa fœur,
& même fon propre cœur triompherent
enfin de Louife. Dès que la bienféance
le permit, l'Hymen réunit ces fideles
amants. L'orgueil d'une vaine magnifi-
cence n'eut point de part à cette fête ;
on n'y appella que les Amours, & Louife
régna fur eux en fouveraine adorée.

Les anciens amis du Comte furent fi
touchés de la félicité de nos tendres
époux, que les plus jeunes fuivirent fon
exemple; les autres l'imiterent au moins,
en renonçant aux excès d'une vie diffi-
pée, pour goûter, dans une conduite
fagement modérée, des plaifirs plus dé-
licats.

Cependant Madame de Moncrif,
de concert avec la Comteffe, n'avoit
pas ceffé de publier cette aventure, &

de la faire regarder comme un enléve-
vement ; mais l'une & l'autre furent
enfin forcées d'avouer que la vertu de
Louife avoit été le vrai Talifman qui
lui avoit gagné le cœur du Comte,
puifque par ce moyen feul elle fut fixer
fon inconftance.

F I N

www.ingramcontent.com/pod-product-compliance
Lightning Source LLC
Chambersburg PA
CBHW071107260626
47162CB00006B/2247